천변 왕버들

전병석

1961년 경북 영천 금호읍 교대동에서 태어나 대륜고등학교와 경북대학교 사범대학 국어교육과를 졸업했다. 2021년 『문학청춘』으로 등단하여 작품 활동을 시작했다. 시집으로 『그때는 당신이 계셨고 지금은 내가 있습니다』 『구두를 벗다』가 있다. 현재 상해한국학교 교장으로 복무하고 있다.
jbs37@korea.kr

황금알 시인선 230

천변 왕버들

초판발행일 | 2021년 7월 22일

지은이 | 전병석
펴낸곳 | 도서출판 황금알
펴낸이 | 金永馥
선정위원 | 김영승 · 마종기 · 유안진 · 이수익
주간 | 김영탁
편집실장 | 조경숙
표지디자인 | 칼라박스
주소 | 03088 서울시 종로구 이화장2길 29-3, 104호(동숭동)
전화 | 02)2275-9171
팩스 | 02)2275-9172
이메일 | tibet21@hanmail.net
홈페이지 | http://goldegg21.com
출판등록 | 2003년 03월 26일(제300-2003-230호)

ⓒ2021 전병석 & Gold Egg Publishing Company Printed in Korea
값은 뒤표지에 있습니다.
ISBN 979-11-89205-95-9-03810

천변 왕버들

전병석 시집

황금알

시인은 무엇을 하는 사람일까? 소박하게 말하면 시인은 자신을 포함하여 세상에 존재하는 것들에 대해 질문을 던지는 사람입니다. 다르게 말하면 세상에 존재하는 것들이 하는 질문에 귀 기울이는 사람입니다. 곧 잘 살기 위해 세상의 모든 것들과 소통하는 사람입니다.

이 시집은 주로 제 자신과 주변 사람 및 친숙한 세상에 대해 진지한 때로는 어리석은 질문을 한 시편으로 채워져 있습니다. 제가 세상에 대해 한 질문도 있고 세상이 저에게 한 질문도 있습니다. 이 시집이 여러분에게 던지는 질문에 반응해 보십시오. 그래서 여러분이 자신의 고유한 맛과 빛깔을 찾고 삶을 성찰하는 작은 기회를 얻게 된다면 저는 더없이 행복할 것입니다.

이 시집이 천국을 소망하시며 육체의 연약함을 견디시는 장인·장모님께 작은 선물이 되기를 희망합니다. 그리고 저에게 '시'란 소중한 불덩이를 남겨주신 어머니 손계조님 영전에 이 시집을 바칩니다.

차 례

2부

3부

4부

1부

장거리 택시 안에서

운전할 권리는 있어도
목적지를 선택할 자유는 없다
깝치지 않아도 도달할 목적지
누구도 다시 돌아올 수 없는 길에서
음주는 당연히 금지
총알처럼 달리는 차에는
정면으로 다가오는 풍경뿐
옆 창으로 지나가는 풍경은 그림의 떡
곧은 길 굽게 해서 천천히 가고 싶다
말들은 모두 그렇게 해도
굽은 길도 곧게 펴서
번개처럼 내달린다
옆자리에서 풀린 눈 다시 힘주어 뜨며
나는 본다
더 행복하기 위해서
죽어라 행복하지 않은 길로 달리는 인생을
바뀐 신호는 자꾸 멈춰라 멈춰라
재촉하는데

산다는 것

흔들린다 웃지 마라
흔들리지 않고
이 많은 바람을 견뎠을까

엎드린다 웃지마라
엎드리지 않고
저 큰물을 넘겼을까

산다는 것은
생에 부는 바람을 인정하는 것이다
생에 넘치는 큰물과 화해하는 것이다

살아 보니

꽃이 햇살을 가려서 피지 않듯이
사랑도 사람을 가려서 오지 않아요
나무가 바람을 선택해서 흔들리지 않듯이
행복도 사람을 선택해서 가지 않아요
오는 것 오게 두어요
가는 것 가게 두어요
살아 보니 그렇습니다
바람의 방향도 바뀌고
물의 흐름도 바뀌더라고요

단상

갓 태어나도 민들레는 노란 꽃을 피운다
나는 예순이 되어도 꽃을 피울 줄 모른다

막 생겨도 바람은 바람개비를 돌린다
나는 예순이 되어도 바람개비를 돌릴 줄 모른다

감나무는 까치밥으로 손톱만큼 계절을 남기는데
예순의 나는 무엇을 남길까

아니 무엇으로 남을까

휠체어를 탄 아버지

늙고 병든 아버지는
딸이 밀어주는 휠체어에 앉아
뜨고 내리는 비행기를 바라본다
뜨고 지는 세월을 바라본다
인생이여
무엇을 꿈꾸었는가
아버지는 묻지 않는다
가끔씩 뜨는 비행기가 어디로 가는지
아버지는 묻지 않는다
가끔씩 내리는 비행기가 어디에서 오는지
아! 아버지가 밀어주는 그네에 앉아
뜨고 내리는 비행기를 바라보며
쫑알쫑알 물어보던 노란
병아리 같은 봄날은 다시 올까

그리움

눈 오는 밤
뜨끈한 방바닥에
굽은 등을 대고 누우면
당신은 행복하다
당신을 위해서라면
북어 같은 마른 장작으로 던져져
파도처럼 거센 불꽃 올리다
재로 녹아내릴 때까지
타닥타닥 신이 난다
시커멓게 눌은 장판 같은 등에
이 마음 전해질까
걱정은 두 쪽으로 쪼개져
던져질 차례를 기다린다
눈 오는 밤
군고구마에 동치미처럼
등 시린 날을 그린다

소죽을 끓이며

생 짚을 끓이는 소죽
속속들이 잘 익도록
뜸들이듯 기다리다
잘 익고 있을까
두꺼비처럼 궁금하다
불은 잘 타고 있는데
모자랄까봐
애타는 마음 몇 개 더 던진다
당신 마음도 소죽처럼 끓어
쌀밥에 돼지두루치기를 좋아했는데
컵라면이 최고라며
걱정 없다는
객지에 나간 자식
불 속에 아른거린다

할머니 호~

무릎이 까졌다
피가 흐른다
상처를 어떻게 할까
할머니 앞에서 울었지
할머니 호~ 불면
울음에 딱지가 앉았지
그 안이 궁금해 뜯고
다시 피나고 딱지가 또 앉지
그 마지막에는
새싹이 흙을 간질이듯
울음이 울음을 간질이면
이 빠진 할머니처럼 딱지가
웃다 자빠졌지
그립다
호~ 할머니

이제 와서

어쩌다 당신 집에 갔다
서둘러 돌아오는 길이면
"야야, 차조심하고 어서 가래이."
당신은 손을 흔들었다
내 모습이 사라질 때까지
대문에 서 있는 것 알면서도
두 번, 세 번 아니 한 번이라도
왜 돌아보지 않았을까
이제 와서 후회합니다

어쩌다 당신 집에 갔다
몇 푼 드리고 돌아오는 길이면
"너거도 힘든데 돈 줄 생각 말그래이."
드린 것보다 기어이 더 쥐어주었다
그것도 효도라며
부끄러움도 없이 왜 받았을까
꼬깃꼬깃 쥐여준 그 마음
이제 와서 눈물 납니다

물방울이 빛을 만나듯

세월이 빠르죠
책장 한 장 겨우 넘겼을 순간인데
12년이 되었네요
당신을 사랑하고
당신의 사랑을 받는데
조건이 없었듯이
당신을 잊지 못하네요
물방울이 빛을 만나듯
당신을 만나 무지개를 품었네요
마음에 슬픔이 맺히면
당신은 말없이 빛으로 와서
무지개가 심장에 걸렸지요
당신이 주신 목숨 이어가느라
자주 당신을 잊고 살지만
12년이 지난 지금에도
슬픔 많은 내게
당신은 빛으로 찾아오네요

핸드폰

심장을 집에 두고
십 분 정도 걷기만 하다가
돌아올 수 있을까
일 분이라도
가능하지 않다
그런데 오늘
심장을 떼 둔 채로
한 시간여를 걸었다
호흡이 가쁘다가
숨이 잘 쉬어지지 않을 때
산들바람에 가벼워진 머리로
작은 꽃에 멈춘 눈으로
밝고 환한 피가 흘러들어와
하늘에 안긴 나무에 기댄 등으로
낙엽을 밟는 작은 발 사이로
온몸으로 불끈불끈 퍼져
산이라도 업을 듯하다
바다라도 엎을 듯하다
진짜 심장을 위해

하루에 한 시간
첫사랑과 헤어지던 순간처럼
심장을 떼 놓는다

용지拥挤 *

상습 정체구간이 아닌데
퇴근길 왕복 8차선 도로가
만원 주차장이 되었다
사고가 났는지
공사를 하는지
'트위지'도 모르지만
'벤츠'도 모르기는 마찬가지
최고 시속 300킬로미터가 무슨 소용일까
걸어가는 할머니
'페라리'와 '포르쉐'를 가볍게 추월한다
지상에서 천상으로 퇴근하려는 사람들로
북적이는 요양병원 앞 도로에서
길이 시원해지기를 마냥 기다리며
인생을 생각한다

* 중국어로 도로에 차가 **빽빽**하게 들어차 빈틈이 없는 상태를 말함.

비 오는 경로당

오후 경로당 마당에
보슬비가 내린다
살아 천년 죽어 천년
주목朱木 잎마다 빗방울이 달렸다
비가 저리 영롱하다
젊은 시절 당신 같다
빗방울은 두 손 꼬옥
매달리지 않는다
주목도 한껏 붙잡지 않는다
새가 앉았다 떠나듯
꽃이 왔다 가듯
인연 따라 두면 된다
가지에 달린 빗방울은
바람이 살짝만 스쳐도
사라지는 아찔함
삶의 어느 한순간인들
아슬하지 않은 적 있었나
눈가 주름 같은 보슬비가
오후 경로당 마당에 내린다

화무십일홍

모두가 살려고
발버둥 치는 대낮에
저렇게 붉어
뜨거운 목숨이
이리 쉽게 떨어진다
어쩔 수 없다손 쳐도
백번 양보해서
폭설이 내리든가
봄 앞서 여름이 오든가
최소한 그 정도 조짐은 있을 줄 알았다
화무십일홍이라 해도
마음 붉은 동백이
이리 쉽게 가버릴 줄 몰랐다

종일終日

결혼 날을 받듯이
장삿날을 받는다면
싸락눈 내리는 12월이 좋아라
지나온 삶 살캉살캉 덮어지게
함박눈이면 더 좋아라
지나온 삶 짚이짚이 묻히게
새해 첫 태양이 솟기 전에
눈물 많던 영혼 쏟아져
날리는 눈을 타고 천상으로 올라갈 때
남은 것들이여 울지 마라
김 나는 소고기국밥 같은
알싸한 고추냉이 같은 추억
12월의 함박눈처럼
춤추며 기도하라

소식

천 리를 떨어져 있어도
소식은 금방이다
5월의 꽃등처럼 마음이
환해 오는 소식도 있지만
11월의 가로등처럼 마음이
추워지는 소식도 있다
당신의 소식이 딱 그렇다
"아버지가 돌아가셨어요."
바깥에는 함박눈이 내리는데
당신이 보낸 문자는
일찍 도착하여 깜박깜박
눈에 막힌 출근길처럼
당신은 머물 수 없었을까
천 리를 떨어져 있어도
슬픔은 너무 가깝다

화장火葬

그럴 줄 알았지
마지막은 불구덩이야
불꽃을 최고로 올려
솜처럼 젖은 삶
납처럼 무거운 번뇌
마른 장작처럼 활활 타야 해
남은 자의 슬픔도
달집 태우듯
다 불살라야 해
동해에서 솟은 해가
서해로 질 때
아름다움은 사치야
한 줌 재도 사치야
새벽이슬처럼 살아도
봄바람처럼 살아도
마지막은 불구덩이야

2부

오직 지금

당신이 가을 하늘보다 높다 해도
당신이 가을 물보다 맑다 해도
나는 아무런 관심이 없어요
오직 지금 당신은
가을 햇살 속에 있는지
아니면
가을비 속에 있는지

당신이 가을 들판보다 풍요롭지 않아도
당신이 가을 단풍보다 아름답지 않아도
나는 아무런 상관이 없어요
오직 지금 당신은
가을처럼 울고 있는지
아니면
가을처럼 웃고 있는지

그 사랑

그대여
어떤 사랑인지 보고 싶거든
그 사랑, 아궁이에 던져라
연기로 흩어지는가
숯으로 타는가

그대여
무슨 사랑인지 알고 싶거든
그 사랑, 바람에 던져라
쭉정이로 날리는가
알곡으로 떨어지는가

그대여
어느 사랑인지 보고 싶거든
그 사랑, 눈 속에 던져라
이마에 쌓이는가
가슴에서 녹는가

코끼리 가족의 죽음

계곡 물살을 건너던 아기 코끼리
물처럼 폭포 아래로 떨어졌다
엄마 코끼리는 순간처럼
폭포 아래로 뛰어내린다
사랑은
무모함,
그 이상의 것이다

그는

그는 잘 웃어
장독대 앞 해바라기 같다
손이 따뜻하여
화로에 든 숯불 같고
마음은 맑아
원대리의 자작나무 숲 같다
그가 찾아올 때는
12월에도 꽃이 핀다

그는 울기도 잘하여
초가에 스미는 봄비 같다
말이 적어
남산의 마애불 같고
눈망울은 깊어
칠선계곡 용소 같다
그가 돌아갈 때는
3월에도 눈이 내린다

당신은
— COSMAX에 감사하며

누구는 지구의 한 모퉁이를 쓸고
당신은 지구의 한 자락에 꽃사과를 심는다
지금 사는 지구에서 향기가 나는가
당신이 있는 거다
지금 사는 지구에서 아름다움이 있는가
당신이 있는 거다
지금 사는 지구에서 꿈이 있는가
당신이 있는 거다
누구는 지구의 한 모퉁이를 고치고
당신은 지구의 한 자락에 꽃사과를 심는다

* COSMAX는 상해한국학교에 학교발전기금, 진로코칭, 도서기증 등을
  지속적으로 지원하고 있음.

기분 좋은 밤
― 최경에게

방금 당신을 만나고
돌아와 세수하다
푸근한 미소가 생각나서
따라 웃게 됩니다

당신은 걸었다지요
터널 속을 걸을 때도
꽃길을 걸을 때도
같은 보폭으로
같은 속도로

당신은 살았다지요
낮은 곳에 있을 때도
높은 곳에 있을 때도
연꽃을 피우는 마음으로
풀꽃을 헤아리는 마음으로

당신을 만나고 온 이 밤
기분이 왜 좋을까
거울에게 묻지 않습니다

두 풍경

영화에서 음악을 지워요
커피에서 향기를 없애요
당신이 없는 풍경입니다

하늘에서 꽃들이 쏟아져요
창가에서 햇살이 속살거려요
당신이 있는 풍경입니다

두 풍경, 당신을 좋아합니다

흰 도라지꽃

어머니
정안수 올린 새벽처럼
흰 도라지꽃
한 개의 향기도 떨어질까
벌들이 바람처럼 웅웅거리고
나비가 싸락눈처럼 내려와도
곁 눈 주지 않는다
알싸하게 쓴 향기는
눈처럼 소복소복
뿌리에 쌓았다가
어느 집에서는 무침으로
어느 집에서는 약탕으로
쓴 뿌리 흰 도라지꽃 당신은
자식들 가슴에서
무침으로
약탕으로

중싼공위웬 中山公園 *

메타세쿼이아 붉게 서서
애기 단풍처럼 나이 든 할머니에게
마작패 슬쩍 알려준다
이를 어쩌나 할아버지
내면 안 되는 패는 손을 떠났고
독박을 썼다
은행나무 노랗게 서서
우수수 은행잎 할머니를 흔들어
팽나무처럼 나이 든 할아버지
솜씨 좋게 패를 바꾼다
아, 짜릿하구나
중산 선생을 기념하는 중싼공위웬에는
알고도 속아주고
속으면서도 시비를 묻지 않는
사람과 나무가 어울려
가을에 빠져 있다

* 상해시 장녕구(长宁区)에 위치한 공원.

매미 울음

햇볕 짱짱한 날 골라
7월, 매미가 운다
동북 하얼빈에서 온 김씨는
매미 울음이
여름의 즐거움이라 한다
강남 상해에서 자란 이씨는
매미 울음은
진짜 듣기 싫다고 한다
매미야 어떻게 울든
좋아하는 사람도 있고
싫어하는 사람도 있다면
우는 데 눈치 볼 필요가 있을까
7년을 기다린
영혼의 떨림을 따라
실컷 울다
돌아가면 그만이지

코스모스 II

11월이 지나
코스모스 씨를 뿌렸다
살아있는지 죽었는지
궁금증은 보름이 지나서야
빼꼼 세상을 들어 올렸다
하루하루 한 뼘씩 자라더니
꽃망울이 맺혔다
몇은 발갛고 하얀 꽃이 피었다
날마다 들여다보며
코스모스 천지를 상상하니
없는 것은 그립고
그리운 것은 슬프다
코스모스,
바람에 흔들리는
슬픈 그리움

* 상해에서 코스모스가 보고 싶어서 11월에 씨를 뿌렸는데 12월에 꽃이
  피었다.

눈 내리는 아침

푹푹 눈 내리는 아침
눈을 맞으며 눈을 굴린다
동글동글 눈사람 만들고
깔깔깔 눈싸움한다
꼭꼭 뭉쳐
미운 사람에게 던진다
풀풀 뭉쳐
좋아하는 사람에게 던진다
맞아서 서러운 사랑
닿지 못해 그리운 사랑
노랗게 복수꽃 피는 하늘에서
펄펄 눈을 던진다
까만 강아지 뛰노는 마당에서
풀풀 눈을 던진다

비를 맞고 싶다

장대비 오는 아침
눈을 뜨고 비를 맞는 꽃처럼
고개를 들고 비를 맞는 나무처럼
우산을 쓰고 싶지 않다
특별한 이유는 없어
옷을 던져 버리고
흥건히 세차게
알몸으로 비를 맞고 싶다
산하엽이 저리 투명한 것은
향장목이 저리 청청한 것은
우산을 쓰지 않아서 이리라

상하이 애상

비가 내린다
사흘 연속이다
마지막 겨울비라 하고
봄비라고도 하는
비는 우산으로 다 받을 수 없어
옷을 적시고
기억에 스며
가슴을 적신다
울음이 돋을까
꽃이 피어날까
경계가 없는 마음은
향장목 가로수길을 걷는다
등 뒤에서
'누구야' 부르면
비처럼 외로움 흘러내릴 것 같아
한 음 더 이어폰 올려
향장목 가로수길을 걷는다

외로움

방금 날아온 파리
바로 채를 휘둘러
쫙 뻗게 할 수 있지
손등에 앉았다
책상 위를 기고 있는 녀석의
뒤통수를 날릴 수 있지
아무도 없는 지금
저라도 곁에 두고 싶어
떠날까 숨죽인다

동탄조류국가급자연보호구*

망망한 겨울 갈대숲 끝
지평선에 걸터앉은
고니 한 마리
외로움에 눌려
얼음이 꺼지듯
지평선이 내려앉는다
석양은 가까운데
고니 한 마리
수평선 너머로
천천히 날아 흐른다

* 상해시 숭명도(崇明島)에 있는 자연보호구로 철새와 갈대숲으로 유명함.

바람이 될래

집을 짓지 않고
인연을 맺지 않는
외로움은 치열하게
고독에 닿지 못하면
바다로 가
파도의 뼈가 되고
산으로 가
숲의 울음이 되어
영혼의 먼 끝을 만지게*
외로움의 겨드랑이를 들어 올리는
바람이 될래

* 김현승의 『절대고독』 중에서 인용함.

3부

폐광촌

목숨 걸고 파 들어가도
나올 광석鑛石은 없다
손을 털고 모두 떠났다
떠나지 못한 사람들
평생을 해오던 대로
광석처럼 딴딴한 가슴 속
눈물을 캔다
무진장無盡藏이어서 고마운 눈물
막걸리 한 잔이면
막장이 무너질까
두렵지 않아서 좋다
깜깜한 가슴 속 어둠
발파작업에 쏟아져 내린 눈물 덩어리
체인 컨베이어에 실어 보내고
또 실어 보낸다
그림자처럼 꺼멓게 자란 풀들 뒤로 훅,
소금 냄새가 풍긴다
꼬질꼬질한 아이들이 먼 데를 본다

구조조정

터터터 포클레인 타격에
집이 부서진다
콘크리트, 철근, 나무……
집이 되어
사람을 들이고
사람의 삶을 지키다
사람보다 더 빨리 늙어
버려지든가
다시 태어나든가
트럭을 기다리는
콘크리트, 철근, 나무……
잘못은 없다
연대해 집이 된 것밖에
그 안에서 잘살게 한 것밖에
터터터 포클레인 타격에
아비의 꿈이 무너진다

사다리 타기

점심값 내기
사다리를 타다
끝에 올수록 불안해진다
공짜를 꿈꾸다
왕창 걸리는 거 아이가
어쩔 수 없이 끼어든
막내 김 선생이 걸리는 거 아이가
한발 한발 끝에 다가올수록
술떡처럼 불안은 부푼다
언제부터였던가
한 뼘씩 불안이 더 앞서던 때가
사다리를 타도
오를 수 없던 때가
사다리가 되고자
희망에 기대어 기어오르던 그때가
차라리 그립다
끝에 가까울수록
희망이 조금 더 커지는
세상에서 살고 싶다

소리길

소리가 소리를 지우고
소리가 소리를 키우는
합천 해인사 소리길 걷고 오다
경로당 앞에서 손 떨며 담배 빠는
할머니 꽁초 같은 시간만큼 이야기를 들었다
이 사람아 정말 고맙네, 고마워
몇 번이고 인사한다
세상에 지옥이 뭔 줄 아나
돈이 쥐뿔도 없는 게 아냐
사랑하는 사람이 떠나는 게 아냐
밍밍한 이야기라도 나눌 사람이 없는 거야
남은 길 다 걸어 차에 오르려다
담배 연기처럼 흩어지려는 할머니
세상에 지옥이 뭔 줄 아나
물음에 물음을 지우려
합천 해인사 소리길로 돌아간다

라오샨崂山*

노자老子보다
맥주가 더 유명한 칭따오
바닷가 라오샨에 흰 바위들
비단처럼 펼쳐있다
산보다 키 큰 청동 입은 노자
도덕경은 모르겠고
사진 배경으로 딱 좋다
노자를 만나도 부끄러움이 없는
사람들 욕심은
사진으로 남는 것
노자는 언제
이리 무거운 청동을 벗을까
검은 소를 타고
함곡관을 빠져갈까
아, 한갓 꿈,
무위자연이여!

* 산동성(山東省) 청도시(靑島市)에 있는 해발 1,132미터의 화강암 산.

항주 티엔무샨天目山*

하늘에서 내려다보면
티엔무샨은 두 개의 눈眼으로
순한 백성 두루 살펴
손바닥만한 골짜기 땅에
배추, 무, 당근을 심었다
하늘로부터 받은 것이라고는
고단한 목숨뿐인 줄 알았는데
함께 나누는 마음도 받아
이방의 나그네에게
애써 키운 무 쑥 뽑아 듬뿍 건넨다
돈을 주어도 받지 않고
귤을 건네도 받지 않는다
대가를 지불해야 한다는 생각도
티엔무샨에서는 내려놓아야 할 번뇌
금전송金钱松처럼 높고
천목철목天目铁木처럼 단단한
선승禪僧의 독경 소리
동폭東瀑에서 쏟아진다

* 절강성(浙江省) 항주(杭州)의 북서쪽, 임안(臨安)현에 있는 산.

55

어부바

아침 비 오는 연밭에서
슬프다 인생이여
울고 있는 청개구리
어부바, 아라홍련이 업었다

무엇을 원하는가
울고 있는 청개구리
젖은 당신의 슬픈 등에
어부바, 한 생을 기대었다

연잎에 굴러떨어지는
비처럼 가고 없는 당신은
비 오는 아침 연밭에서
어부바, 청개구리 운다

시소

아이들은
주거니 받거니
하늘 한 번, 땅 한번 즐겁다
아이들은 알고 있다
함께 즐겁기 위해 힘센 자 먼저
엉덩이를 슬쩍 올려야 한다
인생은 승부가 가려지지 않는 경기
내일을 알 수 없는 세상살이도
시소처럼 내려왔다 올라갔다 하면
하늘만큼 땅만큼
즐거우리라

철봉
― 단체기합의 기억

다섯 녀석이 철봉에 달려 벌을 받는다
3분을 함께 버텨야 한다
한 녀석이라도 3분 전에 떨어지면
시간은 다시 처음으로 돌아간다
늘어져 버둥대다
기어이 한 녀석이 떨어진다
다시 3분이다
이제는 두 녀석이 연달아 떨어진다
다시 3분이다
누가 버틸 수 있을까
철봉에 목을 달고 싶어도
처진 몸을 올릴 수 없다
자비를 기다리지만
권력은 짧고 쉽게 말한다
다시 3분이다

그네

사람들이 떠난 놀이터에
남아 있는 그네는
은퇴한 아버지가
아침마다 대문을 나서는 모습처럼
참 쓸쓸하다
아직 쇠줄은 싱싱하고
발판은 튼튼하여
누구라도 태워 하늘로 오를 수 있는데
사람들이 떠난 그네
내려올 때 아랫도리에 퍼지던
찌릿찌릿한 즐거움은 아직 생생한데
저녁이 되어 돌아오는 은퇴한 아버지처럼
참 쓸쓸하다
올라가면 그만큼 내려와야 하는
결국은 멈춰야 하는 숙명이
참 쓸쓸하다

미끄럼틀

시험이 아니라도
미끄러지는 것은 금기라
아담과 이브처럼
더 미끄러지고 싶었던가 보다
그 마음 꼭꼭 싸매고
미끄러지지 않으려고 무던히도 애썼다
어느새 해는 뉘엿뉘엿
함께 놀던 사람들은 다 돌아가고
혼자 남은 놀이터에서
미끄러져도 괜찮아
천천히 외롭게
미끄럼을 즐긴다

바보

일할 때는 모른다
파브로프의 개 같다는 것을
일만 던져주면
일에 코를 박는다
아내가 도다리쑥국을 끓이고
아이들이 아빠를 기다리다 잠들고
꽃은 어떤 차례로 피는지
직장생활의 끝이 어떻게 될지
알고도 몰랐다
은퇴를 하고서야
'아빠는 일만 사랑했다'는
딸의 한마디 말에 다 무너져도
남편이고 아버지라
내보다 먼저 무너졌을
아내와 딸이 좋아하는 데이지꽃에
서툰 손편지를 꽂아두고
산으로 가는 버스에 오른다
한산한 버스에서
"난 참 바보처럼 살았군요"
노래가 흐른다

펀징위웬盆景園*

상해식물원 펀징위웬에는
아름다움에 기품이 있다
눈이 호강이다

아뿔싸, 찬찬히 들여다보니
전족纏足을 신은 나무들
슬픔이 짬짬이 째어든다

묘기를 위해
자라지 않아야 하는 마시청马戏城**
소녀도 물구나무 서 있다

멋진 내일을 만든다며
한 젊은 선생이
아이들 몸에 철사를 감고 있다

분재에 앉은 가을 햇살을 배경으로
성형한 아름다움은
하나, 둘 슬픔으로 남는다

* 분재원을 말함.
** 중국 상하이[上海]에 있는 서커스 극장.

늙은 교사

나이가 드니
좋은 게 있어
더 크게 어리석어
아이들이 다 이뻐
떼쓰고 거짓말하고
빤질거려도
존재만으로 아름다워

나이가 드니
좋은 게 있어
눈이 밝아져서
아이들 마음이 보여
못을 빼주고
빨간약도 발라주고
밴드도 붙여주지

나이가 드니
좋은 게 있어
세상에 별것 없어

'조금 늦어도 괜찮아'
'다 잘 될거야'
사랑하고
응원하는 마음만 가득

라떼 유감

라떼는 말이야
가진 것 다 바쳤더니
가차 없이 버리더라
최소한의 예의도 없이
꿈꾸는 가장 나중이
양지바른 천국은 아니라도
쓰레기 취급은 심하잖아
희망이 있단다
어느 손길에 닿아
분리하는 과정을 통과하면
다시 무엇이 될 수 있단다
무엇이 된다는 게 두려운데
그게 희망이란다
라떼는 말이야
라떼로 품위 있게

코로나블루 Ⅰ

'코로나19' 세상이다
계엄의 시대처럼
거리는 두렵고
상점은 철책처럼 닫혔으며
사람들은 집에 박혔다
얼굴을 마주 보고
손을 잡는 것은
불온한 사상만큼 위험하다
마스크로 입을 가리고 하는 말이
무슨 울림이 있을까마는
마음이 뜨거워 체온이 올라가면
서로에게서 더 멀어져야 한다
'코로나19'는 신종이 아니라
이미 와 있었는지 모른다
카페에서 핸드폰을 보고 있는
사람들의 풍경을 보라
우리는 벌써 자가격리 중이었다
'코로나19'는 지나가겠지만
진짜 무서운 것은 우리가
무증상감염자인지 모르는 것이다

코로나블루 Ⅱ

'쉽볼렛'을 '십볼렛'으로 발음하여 4만 2천 명이 죽은 요단강 나루터에서* '쌀'을 '쌀'이라 아무리 소리쳐도 '살'로만 소리 내는 악몽에 살 떨다 마스크로 입을 가린 코로나가 내미는 불안한 체온계에 숨죽인다. 쉽게 집으로 가던 길인데 마음에 천사가 살아도 37도를 넘으면 길은 끊어지고 마음에 강도가 살아도 37도를 넘지 않으면 길을 내어준다. 어쩔 수 없이 38도를 넘는 날이 오면 바로 정조준 하여 탕– 탕– 탕–. 코로나는 여전히 비상하게 숨어서 '쌀'이 '살'이 아니듯이 우리 사이를 갈라놓는다. 언제 코로나에게 십볼렛을 지워 그 죄를 물을까?

* 구약성경 사사기에 나오는 말씀, 쉽볼렛(시내), 십볼렛(무거운 짐).

68

코로나블루 Ⅲ

정체를 알 수 없던 코로나가 TV 화면에 나왔다 꼭 카네이션 화환 같다 저리 예뻐 이리 독한가 콩 한 조각마저 진영으로 나뉘는 지금 코로나의 심장을 쪼갤 칼을 만드는 계획이 없다 코로나에 당한 사람들과 뒷북 이야기뿐이다 '손을 씻고 마스크를 쓰고 거리를 유지하라' 영혼 없는 앵무새처럼 운다 코로나로 남편이 죽었어도 아내는 장사지내러 갈 수 없는데 진영은 간간이 멱살을 잡고 진심을 다해 독설을 퍼붓는다 아직 목이 곧다

4부

양말

양말은 휙 벗겨져
세탁기에 던져졌다
온종일 할 일 했는데
결과는 버림,
해질녘이면 버림받은 것들이
어지럽게 들어찬다
줄 것이라고는 시큼한 냄새
세제 흠뻑 품은 물 맞아
부둥켜안고 돌아간다
돌고 돌아 혼미할수록
울음은 빨라지고
영혼까지 탈탈 털려
TV조차 무료한 주말 오후
빳빳하게 말라오는
내일을 기다린다

브라자와 팬티

옥상 빨랫줄에 널려있는
브라자와 팬티가 눈에 들어와
부끄럽다
부끄러움을 가리는 것인데
왜 부끄럽지
나만 그런가
무단으로 길을 건너도
컴컴한 생각을 해도
부끄럽지 않았는데
살면서 하는 일이
파란 하늘을 가로지른 빨랫줄의
브라자와 팬티처럼
당당하게 널릴 수 있다면……

메밀차

혈압을 내리는 데 좋다며
명 선생이 메밀차를 주어
약으로 마신다
어떤 때는 차향으로
어떤 때는 분위기로
어떤 때는 멋으로 마셨는데……
나이를 먹으니
뭐든지 약으로 먹어
세월도 약으로 먹는다
검버섯처럼 조용히 피었다
풀꽃처럼 순하게 지기 위해
아, 그립다
뭐든지 멋으로 하던
그때 그 사람

가로수

새로 난 도롯가에
먼 낯선 땅으로 팔려 와
팔이 잘려 나간 채
위태하게 서 있는 나무
스스로 무너질까
바람에 쓰러질까
마른 나무 몇이 받쳤다
살아있는 나무가
죽은 나무에 기대어
삶을 구하고
죽은 나무가
살아 있는 나무를 받쳐
삶을 지킨다
새로 난 도롯가에
삶이 죽음에 기대어
쓸쓸한 풍경이 되었다

강아지

괜히 골리고 싶어
강아지를 슬슬 건드린다
주인을 철썩 같이 믿는 강아지는
꼬리를 흔들다
고개를 갸웃하다
뒤로 주춤 물러났다가
꼬리를 힘없이 흔든다
이게 아니잖아
한 번은 의심해야지
진짜 사랑하고 있는지
이게 아니잖아
한 번은 짖어야지
으르렁 씩씩
주인을 고칠 수도
주인을 바꿀 수도 없는
강아지는
어떻게 해야 하나

고장난 차

밭 갈던 황소 주저앉듯이
갑자기 차가 멈추었다
비상등 깜빡이처럼 허둥대며
겨우 갓길로 빠졌다
아파도 말을 못 한 이 짐승이
측은해야 할 터인데
난감하여 화가 먼저 났다
쥐들이 달아나면 변고가 오듯
징조가 있었을 것
부리려고만 했으니 알아챌 수 있었겠나
큰 덩치에 퍼질러 앉아 눈만 끔뻑끔뻑
낙지 한 마리면 거뜬하게 힘 차릴 텐데
구경하며 지나가는 차들
앵앵앵 멀리서 달려오는 견인차
고장 난 마음에
비상 경고등이 깜박인다

쓰레기봉투

쌓인 쓰레기 갖다 버리려고
봉투에 꾹꾹 욱여넣는다
다른 봉투에 넣으면 되는데
그 값이 얼마라고
한 장에 껌값도 안 하는 것을
몇 치의 욕심 더 들여놓다가
옆구리 툭 터진다
그제야 지나친 욕심 후회한다
처음부터 사랑이 아니었던 사랑
욕심을 쑤셔 넣어도
터지지 않고 버티는 사람
죽비소리 내리는 새벽
옆구리 쉽게 터지는
새 봉투를 준비한다
다시 도루묵이 될 수는 없다

콘크리트

틈이라고는 없는 차가운
콘크리트라 욕을 먹지만 사실은
어쩌다 찾아든 홀씨를 위해
가슴을 쥐어뜯어 실금을 낸다
봄이 되어 돋아난
작고 여린 싹을 보면
몸이 쪼개지는 고통 끝에
새끼를 낳아 핥는 어미 소 마음이 된다
생명이 꺼질 때처럼
생명이 나올 때도
고통은 언제나 있어
아무도 알아주지 않아도
기꺼이 거기에 참여하는 것은
생명을 품는 기쁨을 알기 때문이다
더 많은 틈을 내기 위해
사람들 모르게 그는
생명을 가른다

짝짝이

사무실에서 벗을 때까지 몰랐다
짝짝이로 신고 왔다
지하철을 타고
백화점 거리를 걸어
홍목련이 피는 거리를 지나
사무실까지 당당하였다
벗어 놓고 보니 혼자 부끄럽다
목련은 알고서 낯을 붉혔나
돌아갈 길이 벌써 아득하다

천변 왕버들에 부쳐

태풍이 훅 지나가고
신천 변 늙은 왕버들이 쓰러져 물에 반쯤 잠겼다
며칠 뒤 다시 보니
늘어졌던 푸른 가지는 흔적 없고
밑둥 나이테만 남았다
그 집에 세 들어 살던
새 둥지와 개미 굼벵이 식솔들은 어디로 간 걸까
버들이 서 있어야 한다는 건 인간들의 생각이다
나이 든 시누와 올케처럼
한 그루는 눕고 또 한 그루는 서서
그렁그렁 눈길 주고받고 싶었을 버들 식구들
일흔은 족히 넘은 왕버들이 전기톱에
정육점 고기처럼 잘려 나갈 때
심장에서 쏟아진 피는 다
어디로 흘렀을까
글썽이며 닦았을 언니 아우들의 컴컴한
눈망울을 떠올린다
나뭇잎 잠긴 물에 비친 새
눈이 붉다

소심

불안한 순간이 있다
자라는 목을 넣고
개는 악으로 짖는다
꽃은 향기를 접고
나는 노래를 흥얼거린다
신호를 기다리다 깜빡 졸아
앞차를 슬쩍 박았다
황망하게 앞차에 가서
쿵쾅쿵쾅 떨다가 그만
그분이 나오는 찰나에
노래를 흥얼거렸다
그분이 돌아버렸다
병원에서 360도 사진 찍고
두툼하게 자동이체를 했다
그제야 그분이 말했다
이렇게까지 할 생각이 없었는데
노래를 흥얼거려 이렇게 되었다고
불안한 그 순간에
자라처럼 목을 넣었다면

개처럼 짖었다면
꽃처럼 향기를 접었다면
노래를 흥얼거리지 않았다면
정말 괜찮았을까
그분에게 묻지 못했다

해충

해충을 태우려고
논두렁에 불을 놓았는데
미친 바람에
불은 순식간에 산으로 오른다
길이 없어 아버지도 오르지 못하는
산을 맹렬하게 오른다
발화 이유마저 아득한데
온 산을 태워버렸다
해충은 어떻게 되었을까
불을 피해 내게로 온들
가슴에 불이 오르면
방법이 있나
시커멓게 다 타게 두어야지

걷기 학교

달리려고만 하지
빨리 더 빨리
뒤돌아볼 틈도 없이
앞으로 앞으로
쫓기는 암사슴처럼
내달리지 않아 먹혀도
들꽃을 들여다보고
햇살에 앉은 새를 생각하며
바람에는 가슴을 열고
나무 그늘에 앉아 지난 나를 만나며
걸을 수 있다면
달리고 싶은 마음을 뿌리치고
함께 오래 걸을 수 있는 벗이 있다면
세상은 아,
벚꽃 아침이어라

루쉰 공원의 매이쉬웬梅軒*

환한 대낮에
루쉰 공원에는 오래된 청년들이
합창을 하고
악기를 연주하고
어제, 그저께 일을 떠들고
마작을 한다
처자식을 버리고
집으로 돌아가지 못한 사람도 있어
낮에는 홀로 매화를 기르다
밤이 되면 호수에 배 띄워
세월의 강 너머를 돌다 온다
처자식보다 소중한 것이 있다
누가 말했나
광복에 걸었던 목숨
바람은 화약 냄새를 지워
홍쿠 공원은 루쉰 공원이 되고
사람들은 매이쉬웬의 역사를 잊었다
매이쉬웬은 적막하나
"절개가 사철을 관통하여

언제나 봄빛이다"**

눈물

눈물이 많아졌다
수도꼭지다
예보에 없는 비가 오듯
노래를 듣다
연속극을 보다
수염을 깎다
갑자기 착한 악어가 되었나
호르몬 때문이란다
이유가 이게 다면 좋겠다
나이를 먹으면
밥을 먹어도 눈물이 된다
잠을 자도 눈물이 된다
늙어 풍성한 게
나이 말고 뭐가 있을까
눈물이라도
눈물 나게 고맙다

진품

방귀 뀌듯 쑤욱
새끼를 놓던 어미 소처럼
볼일을 보고
뒤 돌아보았다
입이 떡 벌어졌다
가래떡처럼 빠져 있는
황금 덩어리
염소 같던 내 몸에서
이런 진품이 나올 줄이야
오래 들여다볼 수 없고
간직할 수는 더욱 없다
정말 귀한 것은
소유할 수 없다더니
물 내리기 아까워
천천히 바지부터 올린다

수석水石 감상

산에서 나온 돌이 분명한데
돌이 아니다
돌이 품은 산이 확실한데
돌이다
석불능언石不能言이라
물어볼 길 없어라

소문

소문이 났다
한낮 지나고
소문은 더 빨라졌다
소문은 소문이었다는 소문이
사실로 소문이 났다
한밤 지나고
소문은 숲이 되었다
소문은 풍선껌처럼 자랑스럽고
사실은 밑창에 붙은 껌처럼 괴롭다
한밤 지나고
소문은 좀비가 되었다
죽어도 죽지 않는
살아도 살 수 없는
은밀하게 어느 틈에 숨어 있다가
옷깃에 살갗에 스며드는
유령이 되었다

해설

'쉽고 단순한 글' 속에 내재된 놀라운 '울림과 공감'의 예술적 형상

호 병 탁(문학평론가)

1

〈시인의 말〉에서 "시인은 무엇을 하는 사람"인가를 묻고 스스로 명쾌하게 답하고 있다. 즉 시인은 "세상에 존재하는 것들에 대해 질문을 던지는 사람"이고, "세상에 존재하는 것들이 하는 질문에 귀 기울이는 사람"이라고 단언한다. 곧 "세상의 모든 것들과 소통하는 사람"이라는 것이다. 따라서 이번 시집에는 세상에 대한 '진지한' 때로는 '어리석은' 질문으로 채워져 있고, '자신이 세상에 한 질문'도 있고 '세상이 자신에게 한 질문'도 있다며, 이를 통해 독자들이 "자신의 고유한 맛과 빛깔을 찾고 삶을 성찰하는 작은 기회"를 얻게 되기를 희망하고 있다. 겸손하면서도 당당한 발화다.

그렇다. 나는 누구인가. 어디로 가고 있는가. 어떻게 살아야 하는가. 아니 당장 오늘 어떤 책을 읽을 것인가. 저녁은 무엇을 먹을 것인가. 우리는 생에 대한 진지한 질문에서부터 일상의 통상적 질문까지 끊임없이 물으며 살고 있다. 그런 수많은 물음으로 나도 부대끼지만, 남들도 부대끼기는 똑같이 마찬가지다. 문학은 이러한 물음 속에 우리가 '더불어 살아가는 존재'라는 것을 재삼 깨닫게 하는 중요한 기능을 한다.

〈시인의 말〉에서 우리는 벌써 독특한 시인의 '미학적 글쓰기 스타일'을 간파하게 되지만 이는 작품을 보며 다시 논의하기로 하고 우선 그의 '물음' 하나를 들어보자.

> 갓 태어나도 민들레는 노란 꽃을 피운다
> 나는 예순이 되어도 꽃을 피울 줄 모른다
>
> 막 생겨도 바람은 바람개비를 돌린다
> 나는 예순이 되어도 바람개비를 돌릴 줄 모른다
>
> 감나무는 까치밥으로 손톱만큼 계절을 남기는데
> 예순의 나는 무엇을 남길까
>
> 아니 무엇으로 남을까
>
> － 「단상」 전문

'단상斷想'은 단편적인 생각을 말하는 것으로 오랜 사유를 통한 사변적 인식은 아니다. '민들레'도 '바람개비'도 주위에서 흔히 볼 수 있는 작고 친숙한 사물 중의 하나에 불과하다. 그러나 시인은 이런 평범한 것에서 어떤 의미를 발견하고자 한다. 봄이 되어 민들레가 꽃 피는 것이나, 바람이 바람개비를 돌리는 것은 '당연한 일'이 다. 그러나 화자는 "예순이 되어도" 이런 일을 "할 줄 모른다" 첫째, 둘째 연의 내용이다. 어찌 보면 화자가 이런 일을 할 줄 모르는 것은 '당연'하다. 그럼에도 화자는 소소한 것들도 하는 일을 자신은 나이를 먹었어도 못한다는 데 방점을 찍고 있다.

늦가을의 감나무는 까치밥으로 감 몇 알을 가지 끝에 매단다. "손톱만큼 계절"을 남기고 있는 것이다. 아주 '감각적인 심상'이다. 꽃도 피울 줄 모르고, 바람개비도 돌릴 줄 모르는 화자는 이미 약간의 자기 회의에 빠진 상태다. 그런데 감나무는 까치를 위해 '먹을거리'라고 남겨놓고 있다. 자신을 향한 화자의 첫 번째 성찰적 '물음'이 발화된다. "예순의 나는 무엇을 남길까"

순간 우리도 화자의 질문에 자신을 돌아보게 된다. 감나무까지도 다른 생명을 위해 먹을 것을 남기는 데 우리는 과연 '무엇을 남길' 수 있을 것인가.

"아니 무엇으로 남을까"라는 짧은 한 행의 마지막 연은 절창이다. '아니'는 앞의 연에서 한 발화를 일단 부정하는 말이다. 따라서 세상을 위해 '무엇을 남길까'를 묻지 말고 너 자신이 '무엇으로 남을까'를 물으라는 말이다. 즉 '남 걱정'하기 전에 '네 걱정'부터 하라는 소리가 아닌가. 이 한 마디는 우리의 폐부를 깊숙이 찔러온다.

과연 우리는 '무엇으로 남을' 것인가. 물리적으로는

'흙'으로 남을 것이다. 명성이 높았다면 그 '이름'으로도 오래 남을 것이다. 그러나 답은 독자들 각자에게 있다. 나는 앞에서 이 작품이 오랜 사유에서 비롯된 통찰의 인식은 아니라고 말했다. 그러나 시인의 희망대로 우리는 "삶을 성찰하는 작은 기회", 아니 '큰 기회'를 얻게 된 것이 확실한 것 같다.

2

시제로 채택되고 있는 「시소」「철봉」「그네」「미끄럼틀」은 주위 공원에서 우리가 흔히 보게 되는 놀이기구다. 시인은 앞의 작품과 마찬가지로 이런 평범한 것들에게 눈길을 모으고 새로운 의미를 천착하며 질문을 던지고 있다.

아이들은 "하늘 한 번, 땅 한번" '시소'를 타며 즐겁다. 그런데 아이들은 이처럼 즐겁기 위해서는 무겁고 "힘센 자 먼저/ 엉덩이를 슬쩍 올려야" 하는 것을 안다. 가르쳐주지 않아도 우리가 '더불어 살아가는 존재'라는 것을 절로 깨우치고 있는 것이다. '세상살이 경기'의 '승부 가리기'를 위해 우리는 어찌하고 있는가. 과연 약한 자를 위해 "엉덩이를 슬쩍 올려"주고 있는가(「시소」).

"사람들이 떠난 놀이터"의 '그네'는 "은퇴한 아버지"처럼 "쓸쓸하다" 아직 '쇠줄'도 '발판'도 "튼튼하여/ 누구라도 태워 하늘로 오를 수 있는데" 지금 그것은 멈춰 서있다. "올라가면 그만큼 내려와야" 하고 "결국은 멈춰야 하는"(「그네」) 것이 그네의 숙명이다. 인간의 숙명 또한 마찬가지일 것이다. 시인은 그네를 보며 우리 각자의 한 생을 진지하게 묻고 있다.

우리는 살며 입시, 취직, 승진 등 많은 시험을 보게 된다. 이런 시험에 "미끄러지는 것은 금기"다. 따라서 우리는 "미끄러지지 않으려고 무던히도 애"를 쓰며 살아왔다. 그런데 화자는 "혼자 남은 놀이터에서" "미끄럼을 즐긴다"(「미끄럼틀」). 실상 그네는 '미끄러지기' 위해 만들어진 것이 아닌가. 강한 역설이 작동하고 있다.

동네 놀이터의 놀이기구에서도 이처럼 시인은 의외의 새로운 의미를 발견·창출해 내고 있다. 시인의 안력이 대단하다. 그러면 '철봉'은 어떠할 것인가. 전문을 보자.

> 다섯 녀석이 철봉에 달려 벌을 받는다
> 3분을 함께 버텨야 한다
> 한 녀석이라도 3분 전에 떨어지면
> 시간은 다시 처음으로 돌아간다
> 늘어져 버둥대다
> 기어이 한 녀석이 떨어진다
> 다시 3분이다
> 이제는 두 녀석이 연달아 떨어진다
> 다시 3분이다
> 누가 버틸 수 있을까
> 철봉에 목을 달고 싶어도
> 처진 몸을 올릴 수 없다
> 자비를 기다리지만

권력은 짧고 쉽게 말한다

다시 3분이다

-「철봉-단체기합의 기억」 전문

화자는 '철봉 3분 매달리기'라는 벌을 받은 경험이 있는 것 같다. '턱걸이'도 아니고 '매달리기'만 한다면 3분 정도는 대개는 버틸 수 있다. 문제는 "다섯 녀석"이 함께 "철봉에 달려 벌을 받는" 것이고 그 중 "한 녀석이라도 3분 전에 떨어지면/ 시간은 다시 처음으로 돌아"간다는 데 있다. "늘어져 버둥대다/ 기어이 한 녀석이 떨어"지고 시간은 원점으로 돌아가 "다시 3분이다" "이제는 두 녀석이 연달아 떨어"지고 "다시 3분이다" 자, 이렇게 되면 누구도 "버틸 수" 없다. "자비를 기다"리는 수밖에 없다. 그러나 벌주는 사람, 즉 '권력'은 "짧고 쉽게 말한다" "다시 3분이다"

세상에는 다양한 인간이 함께 산다. 키 큰 자와 작은 자, 잘생긴 자와 못생긴 자, 부자와 가난한 자 등 여러 부류가 함께 산다. 힘이 강한 자와 약한 자도 어울려 산다. 그런데 후자에 속하는 사람은 다른 것에서도 마찬가지겠지만 '철봉'에서도 먼저 떨어지게 마련이다. 그래도 '더불어 살아가는 존재'인 인간은 함께 잘 지낸다. '시소' 탈 때 힘센 자가 엉덩이를 슬쩍 올려주는 이치 때문이기도 할 것이다.

그러나 '떨어지면 다시 3분'과 같은 강제성이 가해지면 버틸 수 없다. 작품의 마지막 연, "다시 3분이다"라는 명령의 발화는 충격적이다. 더구나 이 명령은 '짧고', '쉽게' 발화되고 있다. '권력'은 사전적 정의로 '남을 지배하여 복종시키는 힘. 특히, 국가나 정부가 국민에게 행사하는 강제력'을 말한다. 시인은 권력의 속성을 꿰뚫고 있는 것 같다. 따라서 '철봉 매달리기'는 메타포로 기능하여 사회 현실에 대한 예리한 비판적 풍자로 작동하고 있는 것이 아닌가. 다시 말하거니와 시인의 안력은 역시 대단하다.

3

"일상에서 일어나는 작은 일, 친숙한 사물, 소시민의 애환, 가족의 사랑, 노년의 외로움" 등을 대상으로 "쉽고 단순하게" 시를 쓰겠다고, 그리하여 "쉽지만 울림이 있는 시" "누구나 공감할 수 있는 시"를 지향하겠다고, 시인이 어느 문예지에 쓴 글을 본 일이 있다. 위에서 두 작품을 보았지만 시인의 말 그대로 그의 시적 대상은 일상에서 흔히 보는 '평범한 것'들이고 시적 표현은 '쉽고 간결'하다. 이는 그의 '미학적 글쓰기 스타일'과도 깊은 관련이 있다. 그런데 시인은 작고 친숙한 것들의 '평범함'에서 '비범함'을 발굴하는 놀라운 혜안을 가지고 있다.

살아있는 나무가
죽은 나무에 기대어
삶을 구하고

죽은 나무가
살아 있는 나무를 받쳐
삶을 지킨다
새로 난 도롯가에
삶이 죽음에 기대어
쓸쓸한 풍경이 되었다

　　　　　　　　　　　－「가로수」부분

　도로가 개설되면 가장 먼저 하는 일이 '가로수 조성'이
될 것이다. 그리고 새로 심은 나무가 자빠지거나 쓰러지
지 않도록 나무 밑에 "마른 나무 몇"을 받쳐놓은 것을 보
았을 것이다. 시인은 놀랍게도 사람들이 신경도 쓰지 않
는 이 '마른 나무 받침대'에 눈길을 보내고 있다.
　실상 그것은 "살아있는 나무가/ 죽은 나무에 기대어/
삶을 구"하고 있는 엄숙한 모습이다. 하잘것없는 마른나
무 몇 개가 "살아 있는 나무를 받쳐" 삶을 지켜주고 있는
모습이기도 한 것이다. 나무가 자빠지면 그 생명은 끝장
이 난다. 그러나 "새로 난 도로가"에는 "삶이" '죽은' 받
침대에 기댄 '풍경'으로 '생명'을 지탱하고 있다. 시인의
이를 "쓸쓸한 풍경"으로 인식하며 따뜻한 시선으로 바라
보고 있다.
　그가 '눈길'을 보내는 소소한 것들에는 일반 사람은 '눈
길'조차 보내지 않는 의외의 것들이 많다. "빨랫줄에 널
려있는"「브라자와 팬티」는 어떤가. 화자는 이것들을 보

며 괜히 "부끄럽다" 그런데 브라자와 팬티의 용도는 "부끄러움을 가리는 것"이다. 아이러니가 작렬한다. 그는 자신이 살며 "하는 일"이 "하늘을 가로지른 빨랫줄의/ 브라자와 팬티처럼/ 당당하게 널릴 수" 있기를 원하고 있다.

심지어 시인은 길바닥 "콘크리트"에도 시선을 주며 그것은 "어쩌다 찾아든 홀씨를 위해/ 가슴을 쥐어뜯어 실금을 낸다"고 말하고 있다. '가슴을 쥐어뜯어 낸 실금!' 멋진 표현이다. 우리는 가끔 콘크리트의 '갈라진 틈'에서 민들레 같은 작은 식물이 고개를 내미는 것을 볼 때가 있다. 무표정하기만 콘크리트는 "몸이 쪼개지는 고통" 끝에 "작고 여린 싹"을 그 '틈 사이'로 밀어내는 것이다. 역시 시인의 시선은 따뜻하고 동시에 예리하다.

시인은 일상의 '소소한 것들'을 대상으로 쉽지만 '울림'이 있고 '공감'할 수 있는 시를 쓰겠다고 다짐한 바 있다. 그렇다. 가로수의 나무 받침대, 빨랫줄의 브라자나 팬티, 길바닥 콘크리트의 틈은 대개의 사람들이 신경도 쓰지 않는 '소소한 것들'이다. 그러나 시인은 이런 것들로부터 울림과 공감을 넘어 잔잔한 감동의 물결까지 일으켜내고 있다.

4

시인은 오랫동안 '국어교사'로 재직하다가, '대구중학교' 교장을 거쳐 현재는 중국의 '상해한국학교' 교장으로 일하고 있는 것으로 안다. 중국에 거주하고 있어서인지 시집에는 「중싼공위엔中山公園」「라오샨崂山」「항주 티엔무샨天目山」「펀징위엔盆景園」「루쉰 공원의 매이쉬엔梅軒」 등과 같은 중국의 여러 '명소'들이 시제로 등장하고, 「상하이 애상」과 같은 작품도 눈에 띈다. 평소 외국지명이 작품에 견인되는 것을 못마땅하게 생각하는 나는 주마간산 식으로 일견하고 지나치려 했다. 모국의 금수강산 다 놔두고 왜 하필 외국지명인가, 자칫 이래서 '시'가 '시시'해지는 것은 아닌가 하는 마음에서였다.

그러나 역시 시인의 안력은 높았다. 명소의 풍광을 소개하고 상찬하는 것이 아니라 오히려 강력한 아이러니로 인간의 이기적 욕망에 대해 날카로운 비판의 눈길을 보내고 있었다. 예로 청도青島의 「라오샨崂山」에 있는 '노자'의 거대한 '청동상'은 찾아온 사람들에게 단지 "사진 배경으로 딱 좋다" '도덕경'이고 '무위자연'이고 알 바 없이 "사람들 욕심은/ 사진으로 남는 것" 뿐이다. 노자는 '인위적'인 거짓에서 벗어나 '자연'의 '도'를 따르라고 역설한 사람이다. 그런 그가 '인위적'으로 만든 거대한 청동의 동상이 되어 사진 배경이 되고 있다. 대단한 아이러니다. 시인은 노자의 조상彫像을 보며 언제나 돼서야 그가 "무거운 청동을 벗을까" 한탄하고 있는 것이다.

중국의 여러 '명소'를 쓴 작품 중 한 편만 전문으로 보자.

상해식물원 펀징위웬에는
아름다움에 기품이 있다
눈이 호강이다

아뿔싸, 찬찬히 들여다보니
전족纏足을 신은 나무들
슬픔이 짬짬이 째어든다

묘기를 위해
자라지 않아야 하는 마시청马戏城**
소녀도 물구나무 서 있다

멋진 내일을 만든다며
한 젊은 선생이
아이들 몸에 철사를 감고 있다

분재에 앉은 가을 햇살을 배경으로
성형한 아름다움은
하나, 둘 슬픔으로 남는다

─「펀징위웬盆景園」 전문

작품 끝에는 '펀징위웬'은 '분재원'이고, '마시청'은 '서
커스 극장'을 말한다고 주석이 달려 있다. 둘 다 시인이
거주하고 있는 '상해'에 있는 명소다.

시인은 우선 첫 연에서 "상해식물원"의 '분재盆栽'들은

아름다울 뿐만 아니라 기품까지 있다며, 구경하는 "눈이 호강"한다고 말하고 있다. 대단한 상찬이다.

그러나 둘째 연부터 시인의 어조는 변화하기 시작한다. "아뿔싸, 찬찬히 들여다보니" 분재들은 "전족纏足을 신은 나무들"이었다. '전족'은 중국 옛 풍습으로, 여자의 발을 작게 하려고 어릴 때부터 피륙으로 발가락을 감아 자라지 못하게 하던 아주 못된 관습이다. '분재'는 전족처럼 나무의 자연적인 성장을 강제로 억제해서 만들어진 것이다. 그걸 인식한 화자는 슬픔이 '째어드는 것'을 느낀다. '째다'라는 말이 가슴을 친다. 우리는 흔히 신발이나 옷이 너무 작을 때 꽉 '쨌다'라고 이 어휘를 사용한다. 그리고 이 자동사는 바로 앞 연의 '전족'이나 '분재'를 즉시 상기시키게 하는 것이다.

셋째 연에서는 갑자기 서커스의 소녀가 등장한다. 소녀는 곡예단의 줄타기 · 곡마 · 요술 · 재주넘기 등 갖가지 '묘기'를 수행하기 위해서는 "자라지 않아야" 한다. 그래서 그녀는 "물구나무서 있다" 최소한 서커스단 내에서의 그녀는 물구나무서 다닐 때가 바로 걸어 다닐 때 보다 더 잦을 것이다.

넷째 연에서는 "한 젊은 선생이" 곡예사로서의 "멋진 내일을 만든다며" 아이 몸에 "철사를 감고 있다" 이 행위는 멋진 분재를 만들기 위해 나무줄기에 '철사를 감는 것'과 정확히 일치한다. 인간인 소녀와 관상용의 분재는 동격이 되는 것이다. 통렬한 비유다.

마지막 연에서 화자는 "가을 햇살을 배경으로" 앉아 있는 분재를 아름답게 느낀다. 그러나 그것은 자연 그대로가 아니라 인간의 이기가 만들어낸 "성형한 아름다움"이다. 화자는 놓여있는 분재를 "하나, 둘" 바라보며, 차례로 "하나, 둘 슬픔"을 느끼고 있다.

시는 끝났다. 상해의 '분재원'이나 '서커스 극장'이나 수많은 사람들이 찾아드는 관광명소다. 그러나 그 많은 사람들은 성장을 강제로 억제한 '성형의 아름다움'을 보며 희희낙락하고 있는 것이다.

5

기본적 생존욕구와 조건의 확보를 목적으로 실용적 일상 언어가 출발한다면, 최소한의 자아와 세계인식의 표현을 위한 목적으로 예술적으로 형상화된 문학 언어가 등장한다. 둘 다 소통의 맥락에 기반을 두는 것은 동일하다. 그러나 전자가 기표와 기의의 견고한 결합력으로 정확하고 직접적 의사전달을 지향한다면, 후자는 그런 결합조건에서 탈피하여 새로운 소통상황과 언어와 현실 관계를 끊임없는 재구성하여 표현하려는 언어라고 볼 수 있다. 따라서 '표현'이라는 자기 목적성을 지향하는 가진 문학 언어는 '미학적 형상화'와 불가분의 관계를 가진다.

나는 앞에서 시인의 '미학적 글쓰기 스타일'에 대해 두 번이나 언급했다. 이제 시인의 글쓰기가 어떻게 미학적으로 발현되고 형상화되고 있는지 구체적으로 살펴보자.

시인은 일상에서 흔히 보는 작고 친숙한 것들을 대상으로 "쉽고 단순하게" 시를 쓰겠다고 다짐하는 사람이다. 그래서인지 그의 작품에는 현란한 수사도 머리 아픈 철학적 관념도 등장하지 않는다. 한마디로 그의 시적 표현은 전체적으로 군말이 없이 깔끔한 편이다. 그런데 놀랍게도 그의 이런 시 쓰기 스타일이 작품의 '미학적 형상화'와 큰 관련을 맺고 있다. 이런 경우 오히려 사물의 본질이 극명하게 조명되고, 독자와의 친화적 호소력 또한 배가되기 때문이다.

언어의 문학적 운용방식에는 여러 가지가 있겠지만 가장 대표적인 것은 음성적 요소, 심상과 비유, 아이러니 등이 될 것이다. 그런데 "쉽고 단순하게" 쓴 시인의 작품에는 의외로 이런 모든 요소가 충실하게 내재되어 있다. 이미 앞에서 본 작품들만 일별해도 이런 사실은 확연하다.

필자는 이 글 초입에서 〈시인의 말〉을 인용하며 시인의 '미학적 글쓰기 스타일'을 벌써 간파할 수 있다고 말한 바 있다. 그 이유는 시인은 "세상에 존재하는 것들에 대해 질문을 던지는 사람"이고, "세상에 존재하는 것들이 하는 질문에 귀 기울이는 사람"이라는 문장의 언어적 조형 방식에 의해서였다. 정확하게 '동일한 통사구조'의 글귀가 '동일한 위치'에서 병치되고 있다. '세상에 존재하는 것들'이란 첫 말은 글자 하나 틀리지 않고 반복된다. 이러한 스타일은 이미 앞에 소개한 작품들에도 공히 나타난다.

작품 「단상」의 첫 연, "갓 태어나도 민들레는 노란 꽃을 피운다"는 다음 연 "막 생겨도 바람은 바람개비를 돌린다"와 그 어법과 순서가 정확히 대응된다. 마찬가지로 "나는 예순이 되어도 꽃을 피울 줄 모른다"는 둘째 연 "나는 예순이 되어도 바람개비를 돌릴 줄 모른다"와 그 어법과 순서가 정확히 일치한다. 「철봉」에서는 "다시 3분이다"란 한 행짜리 시구가 세 번이나 반복된다. 「가로수」에서는 "살아있는 나무"가 "죽은 나무에 기대어/ 삶을 구하고" "죽은 나무"가 "살아 있는 나무를 받쳐/ 삶을 지킨다"라고 동일한 문장에 '삶'과 '죽음'이라는 반대의 의미의 어휘만 대치시키고 있을 뿐이다.

소문이 났다
한낮 지나고
소문은 더 빨라졌다
소문은 소문이었다는 소문이
사실로 소문이 났다
한밤 지나고
소문은 숲이 되었다
소문은 풍선껌처럼 자랑스럽고
사실은 밑창에 붙은 껌처럼 괴롭다

—「소문」부분

시인은 쉽게 퍼지는 소문에 대해 그야말로 '소문'이란 어휘를 무성하게 반복하며 그 부정적 의미를 강조하고 있다. 그는 한 문단 정도의 윗글에서 '소문'이란 어휘를 무려 여덟 차례나 동원한다. 그럼에도 시인이 원래 의도·목적한 대로 시는 '쉽고 단순'하다. 시인 식으로 필자도 따라서 설명을 시도해 보자.

"소문은 소문이었다는 소문/ 사실로 소문이 났다"라는 문장을 주목해 본다. 소문은 소문에 불과했을 뿐이었다는 사실은 또 하나의 소문이 된다. 그런데 이런 사실이 다시 소문이 되고 이 소문은 빠르고 넓게 퍼뜨려져 정말 또 다른 큰 소문이 난다. 소문이란 말은 같지만 앞의 소문과 뒤의 소문은 그 의미에 변화가 있다. 원래 소문의 속성이 이런 것이어서 앞의 소문은 결국 '가짜' 소문이 되고 마는 것이다.

이런 반복적 언어 조형은 작품에 리듬을 주어 음악적 리듬을 살리는 것은 물론 화자의 상승하는 정서를 한층 효과적으로 드러내는 기능으로 작동하고 있다. 또한 반복적 어법에 노출된 독자는 시적 어조에 쉽게 굴복당하게 된다.

결론적으로 시인은 소문은 "죽어도 죽지 않는/ 살아도 살 수 없는"(여기서도 동일한 통사구조가 반복된다), '좀비' 같은 존재로, "은밀하게 숨어 있다가" 인간의 "옷깃에 살갗에 스며드는" "유령이 되"어 버린다고 시의 매듭을 묶고 있다.

6

문학적 언어는 '미학적 형상화'와 불가분의 관계를 맺는다. 우리는 이런 문학예술의 형상화를 위한 여러 언어 운용방식 중 '음성적 요소'를 우선 앞에서 살펴보았다.

그런데 문학 언어는 사전적 정의의 의미뿐 아니라 그것을 넘어서는 특수한 의미, 오히려 충돌하는 의미, 단한 번 어떤 글에서만 통하는 의미를 형성하려 한다. 즉 과학·학술의 서술에서는 가급적 피하려고 하는 특수하고 개별적인 의미를 의식적으로 추구하는 것이다. 한마디 말에 여러 의미를 포함하려 하는 이런 말의 사용을 '내연內延'이라고도 하지만 쉽게 언어의 '함축적' 사용이라 할 수 있을 것이다.

시인은 문장구성을 자주 함축적으로 되게 함으로 독특한 의미구현을 꾀하려 한다. 이렇게 예술미학의 목적으로 구성되는 문장의 여러 스타일을 '문체'라 부를 수 있다. 시인이 표출하고자 하는 의미구조는 독특함으로 그것이 문장 자체에 반영되는 것이고, 바꾸어 말하면 독특한 문장구성으로 인해 독특한 의미구조가 성립된다고 할 수 있다. 문체는 '소리 조직'은 물론 '어조tone', 심상, 비유, 상징 등 '의미 조직'을 모두 포함한다.

'어조'는 '분위기'로 이해하기 쉽지만 정확히 말하자면 '개성 있는 작가의 태도 표현'이라 할 수 있다. 근래에 와서 문학연구가들은 '어조' 중에서도 특별히 '아이러니'에 관심을 둔다. 한 마디로 전병석은 아이러니의 대가라고

불러도 무방할 것 같다. 구태여 새 작품을 찾을 것도 없다. 이는 앞에 인용된 작품들에서도 쉽게 증명이 된다.

"소문은 소문이었다는 소문이/ 사실로 소문이 났다"라는 문장을 다시 보자. 인간의 입과 귀는 녹음기처럼 정확한 것이 아니다. 몇 차례 '소문'이 사람들 입에 오르내려 전해지다 보면 그것은 어떤 형태로든지 변형이 된다. 그 변형된 것이 또 다른 소문이 되고 이것 역시 또 전달되어 퍼진다. 변형된 것은 진짜가 아니다. "사실로 소문이 났다"에서의 '사실로'는 실상 '가짜로'라는 반대의 의미가 되고 만다. '아이러니'는 '말해진 것과 의미된 것'이 반대되는 말을 뜻한다. 시인은 그야말로 '시침이 뚝 떼고' 통렬한 아이러니를 구사하고 있는 것이다.

노자는 〈도덕경〉에서 '무위자연'을 역설한 분이다. 그런 그가 인위적으로 만든 거대한 '청동상'이 되어 관광객의 "사진 배경"이 되고 있다(『라오산』). 대단한 아이러니가 아닐 수 없다.

우리는 살며 입시, 취직, 승진 등 많은 시험을 보게 된다. 우리는 이런 시험에 "미끄러지지 않으려고 무던히도 애"를 쓰며 살아왔다. "미끄러지는 것은 금기"인데 화자는 미끄럼틀에 앉아 "미끄럼을 즐긴다"(『미끄럼틀』). 실상 미끄럼틀은 '미끄러지는 것'을 목적으로 만들어진 것이 아닌가. '동음이어'의 강한 아이러니가 작동하고 있다.

한 시인의 언어가 함축적으로 되기 위해서는 사용되는 말과 관련된 다양한 '경험'이 동시에 재현될 때 성립된다. 사람의 경험이란 우선 오관을 통한 외부세계의 '감각적 지각'에서 비롯된다. 우리는 여러 언어적 수단을 사용하여 감각적 지각을 자극함으로 경험을 되살리려 한다. 이처럼 추상적 의미보다도 대상을 감각적으로 인식하도록 자극하는 말이 '심상image'이다. 이를 보다 시적으로 전개하면 '비유metaphor'다. 그리고 이는 '상징'으로 뻗어 나간다.

계절의 끝자락에서 감나무는 감 몇 알을 가지 끝에 매단다. 시인은 이를 "손톱만큼 계절"을 남긴다고 표현한다(「단상」). '손톱만큼'은 아주 작은 것을 말하는 것으로 아주 감각적인 심상이다. 우리는 콘크리트의 '갈라진 틈'에서 작은 식물이 고개를 내미는 것을 볼 때가 있다. 시인은 이 틈을 "가슴을 쥐어뜯어 낸 실금"(「콘크리트」)이라고 노래한다. 무정물의 콘크리트를 의인화하여 '가슴을 쥐어뜯는'다는 표현은 얼마나 여실한 정서적 충동을 주는 이미지인가.

"전족纏足을 신은 나무들"(「편징위웬」)은 실상 존재하지도, 존재할 수도 없다. '비유'는 두 가지 다른 사실에서 유추를 통해 연관성을 발견하는 데서 시작된다. 자연적인 성장을 강제로 억제하는 '전족'은 마찬가지로 성장을 억제당하는 '분재'와 연관성이 있다. 따라서 '전족'과 분재가 된 '나무'는 유추 관계가 성립된다. 즉 전족은 분재를 가리키는 '메타포'가 되는 것이다. 시인은 더 나아가 분재를 '서커스의 소녀'에 비유한다. 서커스의 갖가지 '묘기'를 수행하기 위해서 소녀는 "자라지 않아야" 한다. 인간인 소녀와 관상용 분재는 동격이 되어 통렬한 비유로 작동하게 되는 것이다. 여기서 우리는 아무런 관계도 없는 '전족'과 '분재'와 '서커스 소녀'가 의미를 공유하는 것을 인지한다. 그러나 이 새로운 의미의 공유는 오직 이 시 안에서만 통용되는 것으로 시는 곧 '의미의 창조'라는 말에 수긍이 된다.

시적 심상 중에는 한 부분에서만 그 기능을 발휘하는 것이 아니라 작품 전체에 걸쳐 의미의 힘을 뻗쳐감으로써 보다 큰 추상적 의미를 암시하는 심상도 있다. 우리는 이를 '문학적 상징'이라 부른다. '단체기합의 기억'이란 부제가 붙은 「철봉」에서 "다시 3분이다"라는 명령적인 발화는 세 번이나 반복된다. 이 직접적이고 구체적인 '청각적 심상'은 "짧고 쉽게" 반복되며 그 강제적 힘을 확대해 나간다. 그리고 이 심상은 타인을 복종시키는 '권력'의 상징으로 자연스럽게 변모된다. '상징'은 문학적 의미구현의 근본 방법이다. 시인은 「철봉」을 통해 사회현실의 '권력'에 대해 날카로운 비판적 시각을 표출하고 있는 것이다.

7

우리는 시인의 "쉽고 단순"한 시 몇 편을 독서하며 그가 '예술적 형상화'를 성취하기 위해 어떤 글쓰기 스타일을 구사하고 있는지 소리, 역설, 심상, 비유, 상징 등 제

반 문학적 장치를 살펴보았다. 그리고 그 결과 우리는 시인이 원하는 "삶을 성찰하는 작은 기회"도 충분히 향수할 수 있었음이 확실한 것 같다.

시인의 한결같은 건필을 기대한다.

통찰과 시야

손 진 은(시인 · 문학평론가)

　전병석의 시 「천변 왕버들에 부쳐」는 자연에 대한 인간의 편견을 다루고 있다. 시는 태풍이 지나가고 천변 왕버들 한 그루가 쓰러진 사건을 소재로 쓰여졌다. 며칠 뒤 가보니 밑 등 나이테만 남아 있는 게 아닌가? "일흔은 족히 넘은 왕버들이 정육점 고기처럼 잘려나"갔다고 생각하니, "그 집에 세 들어 살던/새 둥지와 개미 굼벵이 식솔들은 어디로 간 걸까" 떠오르고, 무엇보다 그 모습을 지켜보았을 식구들인 "시누와 올케" "언니 아우들"의 컴컴한 눈망울이 마음을 떠나지 않는 것이다. 나무와 새, 작은 곤충들을 하나의 생명연대로 잡아내고 물가에 서식하는 왕버들을 "시누와 올케" "언니 아우들"로 보고 있는 통찰이 이 시의 가장 빛나는 지점이다. 친족군들이 모여 산다는 것은 식물학적으로도 일리 있는 사실이다. 이 시는 그런 것을 알지도 못하고 환경정비라는 실용에 사로잡혀 있는 인간들의 무지와 편견을 꾸짖고 있다. 식물들이 주변의 미물들과 어울려 사는 모습을 그리는 이 시는 그만큼 시인이 인간 우월주의를 벗어나 만상이 하나의 화음으로 존재하는 세계를 꿈꾸고 있음을 볼 수 있게 한다.

「폐광촌」은 "손을 털고 모두 떠"난 마을에서 "떠나지 못한 사람들"의 이야기를 참으로 덤덤하게 접근한다. 이 시에서 그들이 탄을 캐던 광석은 '눈물'로 비유된다. 석탄 대신 "발파작업에 쏟아져 내린 눈물 덩어리/ 체인 컨베이어에 실어 보내고/ 또 실어 보낸다" 우리는 이 시인이 주룩주룩 떨어져 내리는 눈물이 아니라 석탄이 된 단단한 눈물을 창조한 근저에 도저한 절망의식을 읽는다. 그것은 그들은 "무진장無盡藏이어서 고마운 눈물" "막장이 무너질까/ 두렵지 않아서 좋다"는 반어와 연결이 되어 있어 더더욱 그렇다. 이 건조하고 삭막한 풍경은 마지막 3행에 나타난 "그림자처럼 꺼멓게 자란 풀", 먼 데를 바라보는 "꼬질꼬질한 아이들", 혹 풍기는 "소금 냄새"로 인하여 구체성과 함께 넓어진 시야를 확보한다. 그 점이 이 시의 단조로움을 막고 있다.

「라오산崂山」에서 볼 수 있는 것은 현실에 대한 날카로운 풍자와 희화화이다. 시인은 노자老子를 한갓 구경거리로 전락시켜버린 현 세태를 비판한다. 칭따오 사람들은 엄청난 규모의 상을 만들어 그를 기린다. 모든 자연의 이법인 도, 부드러움이 딱딱함을 이긴다는 유연한 사상을 가진 이가 "산보다 키 큰 청동"상에 갇힐 수 있는 것일까? 사람들이 관심을 두는 것은 노자상을 배경으로 사진을 찍는 일뿐. 시인은 억지를 피하고 작위 없이 사는 삶을 살던 노자가 "언제/이리 무거운 청동을 벗을까"라고 풍자한다. 그것은 주나라 국경 수비관리 윤희尹喜에게 붙들렸다가 함곡관을 빠져나가기만큼 지난한 일이 아닐까?

전병석의 시들은 군말이 거의 없이 깔끔하며, 군데군데 핵심을 찌르는 급소도 가지고 있다. 그 근본지향은 인간의 이기와 욕망을 넘어 인간과 자연이 어우러져 함께 살아가고자 하는 소망에 닿아 있다. 현란하고 젠체하는 시들을 보다가 이런 시를 만나는 기쁨이 있었다. 조금 더 사물과 삶의 세부적인 면에 천착한다면 뚜렷한 자기 목소리를 가진 시인이 될 수 있을 것이라 판단한다.

평범 속에서 건져 올린 간결한 시

김 영 탁(시인 · 본지 주간)

전병석의 시 「소문所聞」은 예나 지금이나 소문이 가진 불사신 같은 힘은 막강하다. 소문의 잔불은 점점 화력을 더하여, 솟아나는 불길을 잡으려고 애를 쓰면 쓸수록 화마가 집과 산을 태운다. 그 힘의 원천은 대체로 인간은 말하는 동물이라는 존재일 터이다. 인간은 호모 나랜스 Homo Narrans(이야기하는 사람)로서 태어날 때부터 말하고 이야기를 나누고 싶어 하는 욕구를 지녔다.

지구상에 인간은 언어와 비언어를 자유자재로 다루는 유일한 존재일 것이다. 디지털시대에서 정치와 경제 그리고 사회 전반에 걸쳐 다양하게 호모 나랜스를 새로운 소비 계층으로 활용한다. 그들이 원하는 목표에다 호기심을 유발하는 얘깃거리를 던져주면, 이야기꾼인 네티즌들이 자신들의 입맛에 맞게 재가공한다. 이윽고 가공한 자료를 퍼 나르는 재생산 과정에서 그들이 원하는 목표에 도달한다.

시 「소문」은 멀리, 신라 48대 왕인 경문왕의 '임금님 귀는 당나귀 귀'라는 대밭에서 소리가 났다는 소문부터, 현재의 디지털시대에 이르기까지 작동하는 커뮤니케이션이면서 잡음이며 바이러스이다. 전병석은 우리 주변의 평범한 소재와 대상을 평이한 언어로 놀랄 만큼 아프고 가려운 곳을 찾아내는 시안詩眼으로 언어를 운영하는 능력이 남다르다.

"소문은 풍선껌처럼 자랑스럽고/ 사실은 밑창에 붙은 껌처럼 괴롭다"라는 진술에서 풍선처럼 허공을 날아가는 소문이 자랑스럽다고 한다. 시세 말로 '뜬다'는 것이다. 뜰 때는 자랑스럽고 으쓱거리지만, 풍선이란 게 곧 터진다는 불안감으로 평창 되어 있다. 비록 진실은 신발 밑창에 붙은 껌처럼 난감하고 괴로운 상황을 맞이하고 있지만, 진실의 작은 바늘에도 언젠가는 반전을 맞을 거라는 건 짐작할 수 있을 것이다. 이런 기대감 속에서도 소문이 허공을 부유하는 상승점과 진실이 신발 밑창에 붙은 하강점이 주는 입체감은 간결하면서도 깔끔하다.

그러나 소문은 좀비처럼 죽어도 죽지 않고 살아도 산 게 아닌 상태에서 집요하게 인간의 온몸으로 스며들어 언제든지 출몰하는 유령이 된다. 이 시는 소문을 퍼 나르는 호모 나랜스에게는 가공복제의 즐거움으로 오지만, 피해자에게는 밑창의 껌과 유령의 존재로 올 수밖에 없다. 그 사이 소문을 기획한 본래의 목적을 가진 은밀

한 배후에게는 유리하게 작동한다. 이렇게 보면 말힘이 얼마나 세고 사람의 생사까지 영향을 미치는지 증명하고 있다. 전병석은 평이하지만 간결한 진술로 거부감 없이 말의 주술성과 중차대함을 환기해 준다.

시 「장거리 택시 안에서」도 일상에서 접할 수 있는 상황을 평이하게 진술한 시다. 요즘에는 택시를 호출하는 시스템이 다양해서 장거리 난폭운전이 예전보다는 덜 하다는 느낌도 온다. 화자는 택시 안에서 일명 총알택시를 탔다는 감정을 드러내고 있지만, 한번 뒤집어 보면 택시기사의 고단한 일상을 은연중에 그려내고 있다. 어쨌든 빨리 달려서 사납금을 채워야 하는 압박감에 시달리는 택시기사들의 스트레스도 만만치 않을 터.

"옆자리에서 풀린 눈 다시 힘주어 뜨며/ 나는 본다/ 더 행복하기 위해서/ 죽어라 행복하지 않은 길로 달리는 인생을/ 바뀐 신호는 자꾸 멈춰라 멈춰라"고 하지만, 화자의 이 양가적인 심상은 풍경을 제대로 볼 수 없는 불만 속에서도, 운전자와 동일시화 한다. 좀 더 이 시를 확장해 보면 화자는 택시 속도에 불안해하지만, 오히려 풀린 눈으로 눈치를 보면서, 택시기사를 탓하기보다는 내면의 자신과 만나고 있다. 빨리빨리 달려가는 게 행복의 지름길인가 자문해 보는 자기반성으로 돌아온다. 총알택시에 투사된 화자와 행복의 길은 불안한 동행을 통해서 궁극엔 빨리 가는 게 능사가 아닌 에돌아가는 삶의 지혜를 은근히 역설한다. 그러므로 운전자의 길은 도의 길이고 드디어 시인의 길이 아닐까.

그밖에도 시「천변 왕버들에 부쳐」는 생명과 환경에 대한 애정과 연민으로 획일적인 인간의 무지를 넘어서 만물이 한 가족이라는 뜨거운 연대가 돋보인다. 산업화 정리에 밀려난 시「폐광촌」에서 캐어낼 광석은 없지만, 무진장 솟아나는 눈물이 소금이 되어 먼 데를 바라보는 아이들로 이어지는 동선이 자연스럽다. 인간의 탐욕과 무위자연의 노자를 대비한「라오산嶗山」은 간결하면서 '노자'와 '맥주' 그리고 '도덕경'과 '사진'의 대비가 재미있다.

전병석의 시는 평범하고 보편적인 일상에서 건져 올린 시들이 군더더기 없이 간결하면서 설득력을 얻고 있다. 언뜻 시를 보면 이분법적인 단순한 구조 같지만, 또 다른 영역을 확장하면서 대상과 동일시를 통하여 교훈과 반성을 동시에 추구하고 있다. 이 교훈과 반성에 관하여 깔끔하게 거부감 없이 동의할 수 있는 건, 간결함을 통하여 겸손함과 연민이 배어있는 따뜻한 사랑이 자리 잡고 있기 때문이다. 다만, 시는 가르치면 반발하고, 효용성이나 윤리적인 면에 복속될 의무는 없다는 점에 유의하면 좋겠다. 그러니까 시가 더 자유로워지길 바란다.

앞으로 전병석의 시는 시와 멀리 떨어진 일반 독자들

까지 포섭할 수 있는 시의 흡인력을 예감한다. 전병석의 문제점은 열심히 시를 쓰면서 극복할 거라고 믿는다. 등단은 통과의례일 뿐, 이제부터 중요하다. 심상의 개성을 믿고, 힘차고 성실하게 밀고 나가야 할 것이다. 좋은 시를 매번 쓴다는 건 고통스럽고 어렵지만, 우선 성실한 시인이 되길 기도한다. 시인으로서 공인의식과 긍지를 갖고 대한민국 시단에 축복이 되길 바란다.

황금알 시인선